你见过蓝色的狼吗

[法]吉尔·拜佐/著
[法]罗南·巴代尔/绘
王文静/译

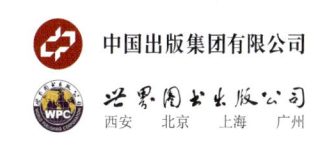

中国出版集团有限公司
世界图书出版公司
西安 北京 上海 广州

狼灰灰很饿,超级饿……
几天以来,他一直在林间的小路上晃荡,却一无所获。
没有羊,也没有兔子。

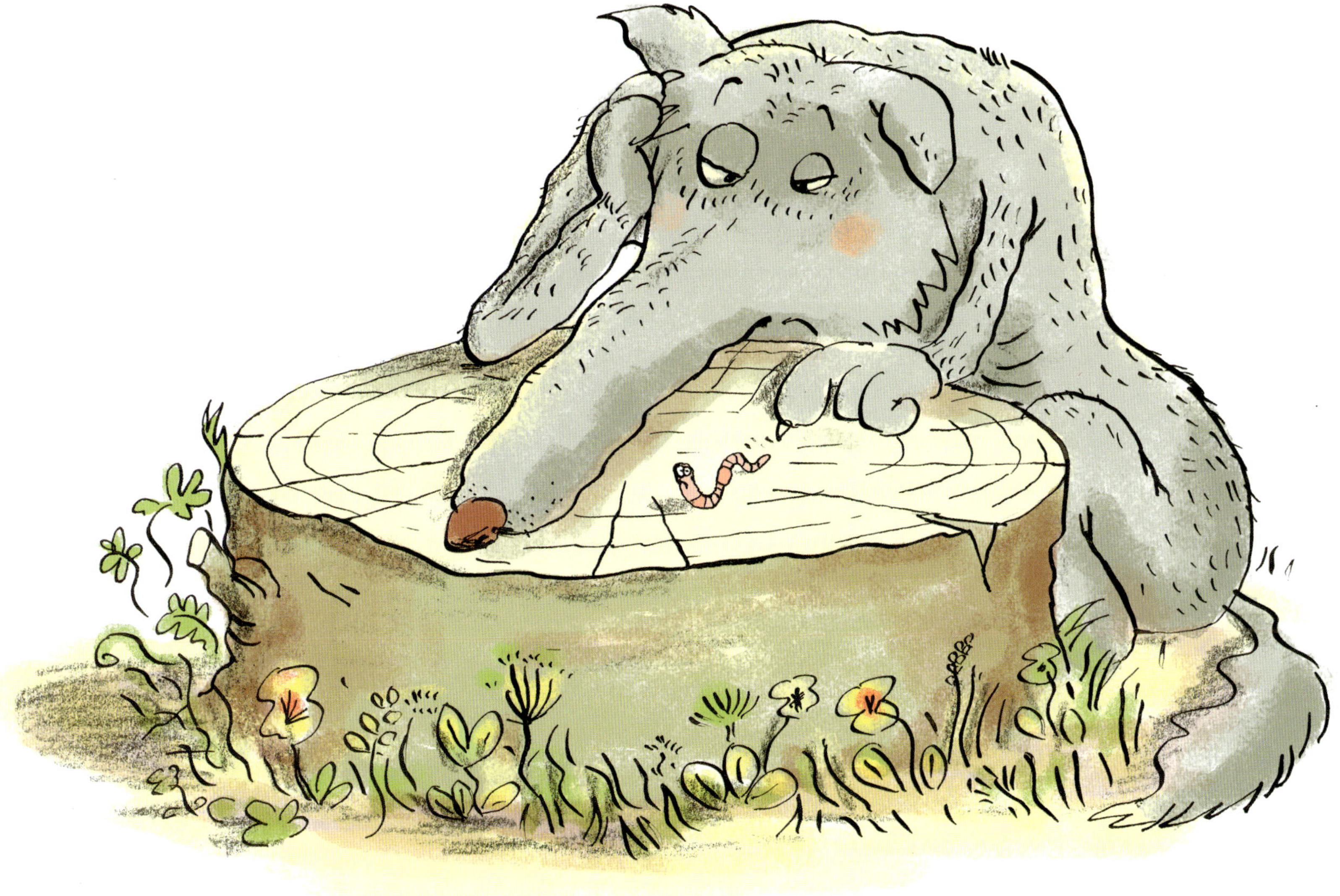

这天早上，狼灰灰来到村子里，想碰碰运气。

他在桥底下闻闻，在马路上嗅嗅，沿着墙根寻觅。

突然，狼灰灰发现了一个巨大的罐子。

——看啊，看啊，
不知道里面是什么？
有没有能让我吃的东西呢？

嗨！ 他跳上了罐沿儿。

刺溜！ 他脚下一滑。

扑通！ 他掉进了罐子里。

罐子里竟然有水！
狼灰灰使劲儿蹬腿，想要爬上来，可再次滑了下去……

一番挣扎后，狼灰灰总算爬了出来，累得精疲力竭。

原来罐子里装的是 蓝色颜料，他全身都被染成了蓝色，连鼻子和尾巴都没能幸免。

——哦，天啊，
我这个样子可太不像话了！

突然,他听到了一阵脚步声。

——快跑!

饥肠辘辘的狼灰灰又回到林间的小路上，他还得找吃的。
他发现远处的岩石上站着一只山羊。

——哦哈哈，这只小家伙，真可爱呢！
我要把她盛到我的餐盘里……

狼灰灰渐渐靠近山羊。

山羊瞪大了眼睛，她得好好看看这只奇怪的蓝色动物。

——你是狼吗？

——说什么呢，山羊小姐，**你见过蓝色的狼吗？**

——这个……嗯……没有见过。

——就是嘛，你放轻松点儿。咱俩口味差不多，我也超级超级喜欢吃青草。

过来，我告诉你一个秘密，我知道森林里有个地方，那里长着世界上最鲜嫩的青草。

跟我来吧，小可爱！

——你看，所以你没什么危险。喔喔鸡先生，我也超级超级喜欢吃玉米。
而且你知道吗，森林里有个地方，那里长着世界上最美味的玉米。
走，我带你去见识见识。跟我们来吧，大兄弟！

他们就这么出发了。

♪走呀！走呀！走！
跟着蓝色动物走呀走。
我们去吃最鲜嫩的青草。
我们去吃最美味的玉米。
走呀！走呀！走！

没走多久,他们又遇到了一只小毛驴。

毛驴瞪大了眼睛,他得好好看看这只奇怪的蓝色动物。

——好奇怪啊,我好像在哪里见过你……

——长耳朵驴伙计,你这么说我可有点儿生气啊。

我这一身蓝,那可是独一无二的,我就是宇宙间唯一的我呀!相信我,我们从来没见过面,不过我跟你一样,超级超级喜欢吃干草。你运气不错,我知道森林里有个地方,那里能找到世界上最香甜的干草。跟我们来吧,亲爱的伙计!

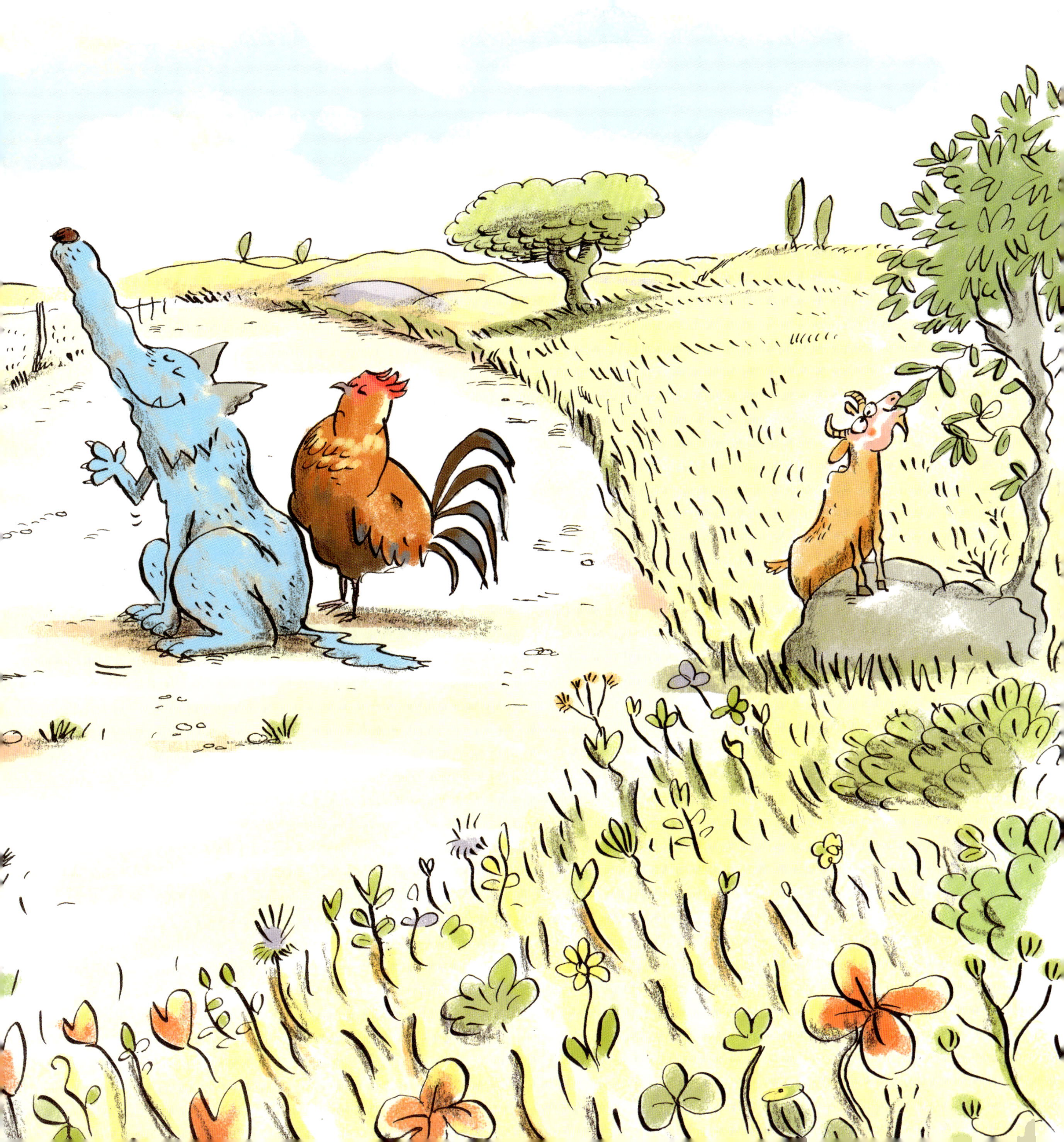

♪走呀！走呀！走！
跟着蓝色动物走呀走。
我们去吃最鲜嫩的青草。
我们去吃最美味的玉米。
我们去吃最香甜的干草。
走呀！走呀！走！

狼灰灰心花怒放，笑得露出大牙。

——嘿嘿！当只蓝色的狼可太棒了！
我简直聪明绝顶啊，一到森林我就把他们统统吃掉。
啧啧，这可真是一顿丰盛的大餐！

一场雨不期而至。
山羊看见蓝色的液体从这只奇怪的动物身上滴落。

山羊瞬间就明白了，是**狼**！她连蹦带跳，快速逃走了。

狼灰灰心里一惊，停了下来。

——咦，山羊怎么跑了？

算了，反正还有公鸡和毛驴可以进肚子。

狼灰灰对公鸡和毛驴说：

——亲爱的朋友们，山羊有事儿先走了，真可惜。

我们接着走吧，离森林不远了。

他们继续一个跟着一个往前走。

雨越下越大。

公鸡定睛看了看,发现前面那只蓝色的动物已经变成一半蓝一半灰的了。

公鸡瞬间就明白了，是**狼**！

他拍打着翅膀，很快就消失在灌木丛里。

狼灰灰心里又一惊，再一次停了下来。

——公鸡昏头了吧，现在只剩一只小毛驴能进肚子了，太惨了！

暴雨倾盆，豆大的雨点儿砸了下来。
狼灰灰身上的蓝色颜料很快被洗刷得一干二净。

这下毛驴可算明白了，是**狼**！

他也想逃走，可是狼灰灰已经来到了他面前。

——你知道山羊和公鸡为什么不跟我们一起走了吗？

——这个，我……我不知道。

——伙计你在发抖啊，你还好吧？

——好，好，我还好，就是有点儿冷……小心后面！

狼灰灰吓了一跳,赶紧转身——

什么也没有啊,倒是身后传来一阵驴蹄声……

绝望的狼灰灰嚎叫起来：

——啊啊啊！

我一点儿力气都没了，浑身湿透，还什么都没吃到，这一天什么事儿也没干成，唉，气死我了！

嗷呜！ 突然一只熊，一只硕大的熊出现在路中央。
狼灰灰吓得连连后退：

——您……您好，先生！
您可真是强壮啊，您住在这附近吗？
——我让你问了吗？
——这个……没有，我只是想跟您交个朋友，
我来自我介绍一下，我是小蓝蓝。

——哦，是哦，我还是一只粉色的大象呢。
闭嘴吧，狼灰灰，你可真让我火大！

狼灰灰垂下头，发现自己的毛已经变回了灰色。

——完蛋了！

——瞧你一副皮包骨头的样子，我才不感兴趣呢。
不过我警告你，这可是我的地盘。别让我再看见你，不然一口吞了你！

狼灰灰头也不回地逃跑了，他跑啊跑，跑了很久很久。

最后，他累得瘫倒在地上。
——吁！没有熊了。
肚子空空的狼灰灰，发现了一只小蚂蚁。
——嗨，我好歹抓住了你！

他一口吞下了小蚂蚁，叹了口气：
——真是一顿大餐……